행복한 인생

행
복
한

인
생

초판 1쇄 발행 2020년 11월 5일

지은이 | 문우순
펴낸이 | 조미현

책임편집 | 김호주
교정교열 | 정차임
디자인 | 석윤이

펴낸곳 | (주)현암사
등록 | 1951년 12월 24일·제10-126호
주소 | 04029 서울시 마포구 동교로12안길 35
전화 | 02-365-5051
팩스 | 02-313-2729
전자우편 | editor@hyeonamsa.com
홈페이지 | www.hyeonamsa.com

ISBN 978-89-323-2085-4 (03810)

○이 도서의 국립중앙도서관 출판예정도서목록(CIP)은 서지정보유통지원시스템 홈페이지
(http://seoji.nl.go.kr)와 국가자료공동목록시스템(http:// www.nl.go.kr/kolisnet)에서
이용하실 수 있습니다.(CIP제어번호 CIP2020038321)

행복한 인생

문우순 시집

현암사

　문우순 시인이 첫 시집을 상재한다.

　대학을 나와 사회에 발 디딘 지 50여 년, 때로 행복하고 때로 신산한 세상을 살았지만 그 어느 길에서도 시를 잊은 적 없다더니, 그걸 증명이라도 하듯 이제 시집을 낸다고 하니 반갑고 흐뭇하다.

　내가 알고 있는 문 시인은 매우 여성적이고 가정적이며 한결같이 매사에 정도를 따르는 모범적인 분이다. 지금도 3년 전 홍헌서실에서 처음 만났을 때의 자세 그대로이다. 독실한 신앙인으로 말과 행동이 일치하여 그의 성정을 신뢰하는 데 의심의 틈이 보이지 않는다. 대학에서 생물학을 전공하고 후학을 양성했던 교육자이자 한국 굴지의 출판사 안주인이었던 이력을 한 차례도 내세운 적 없을 만큼 겸손하고 점잖은 분이다.

　문 시인에게 시는 단조로운 일상의 숨통이고 메마른

가슴을 적시는 단비이며 내면적 해방의 수단이다. 그는 새로운 시의 방법이나, 시를 통하여 세상을 변화시키고자 하는 의지나, 분에 넘치는 인생론, 수사학적 메커니즘 같은 것들을 내세우지 않는다. 그 대신 서정시의 기반 소재라 할 지나온 세월에 대한 그리움과 반성, 회한을 섬세하게 발화하고, 나아가 일상에서 만나는 무의미한 존재들을 충만한 의미의 존재들로 노래해간다. 그리하여 과거의 소중한 시간과 잔영을 노래에 실어 새롭게 되살리고, 주위에 이름 없이 존재하는 것들을 애틋하게 껴안음으로써 그만의 삶의 성찰적 서정세계를 구현하고 있다.

노래에 실은 그의 시들은 사변적인 시들이 유행하고 있는 근년의 시단 풍토에서 돋보이는 매력적 요소이다. 정형시의 외재율과 대응되는 자유시의 내재율을 한껏 살린 그의 시에서 울리는 소리감은 시의 맥박을 뛰게 하고 우리 귀를 밝게 한다. 그의 시를 읽는 즐거움이 마음에 한참 머무는 까닭이 여기에 있을 것이다. 표제시 「행복한 인생」을 비롯해 「홍제천」, 「나이테」 같은 시는 몇 번을 음미해도 지루하지 않거니와 시와 노래가 불가분의 관계라는 것을 일깨워준다.

나는 이 시집이 세상에 나가 많은 이에게 읽혔으면 좋겠다. 시집이 내포하는 진정성에 대한 논의는 차치하고라도 시인의 진솔한 표현 하나하나에 많은 이가 공감하고 정화되기를 바란다. 아울러 하나님의 말씀에 순종하고 주님의 뜻에 따르는 신앙인으로서 강직하게 시업에 매진하는 문 시인의 앞날에 항상 문운이 따르기를 빈다.

2020년 가을 홍헌서실에서

감태준

하루가 다르게 바뀌는 세상

인공지능이 바둑을 두고 청소에 번역까지 한다.

무인차도 나올 것이라고 한다.

오랫동안 내 안에서 잠자고 있던 감성들을 깨우기 위해 꽃의 웃음, 새의 지저귐, 곤충의 날갯짓을 찾아다녔다. 가슴에 고여 고백하지 못한 감정들을 시에 풀어낼 수 있어, 나른했던 나의 삶이 활기를 찾았다.

시가 태어날 때마다 늦둥이 효도를 받는 것 같아 기쁘다.

이 기쁨을 먼저 하늘나라에 가신 남편과 함께하지 못해 아쉽지만 삼남매 미현, 일형, 은미가 곁에서 응원해주어 든든하고 고맙다.

감태준 지도교수님의 지도와 유한근 주간님의 해설로 시집을 내게 되어 기쁘고, 두 분께 감사드린다.

홍헌서실 문우들과 친구, 친지들에게도 깊이 감사드
린다.

2020년 가을, 연희동 둥지에서

문우순

차례

제1부

깜짝 선물

사흘 내리 비 퍼붓더니 감쪽같이 갠 하늘
빗줄기가 닦아낸 가로수 길
코끝에 번지는 플라타너스 향기

오랜만에 걷는 안산 둘레길
불어가는 시원한 바람
어깨춤 추는 가지들 사이로
숨바꼭질하는 해
살짝살짝 몰래 웃는다.

피톤치드로 뻥 뚫린 가슴
나비처럼 날아간다.

저 나비 보자기에 싸
어미 없는 손주들 뒷바라지하고 있는
친구에게 보내줄까.

지친 마음허리 쭉 펼 수 있게.

나이테

전기톱 든 인부 둘이
고사한 은행나무 밑동을 베고 있다.

일생의 속살 깊이 파고드는
강고한 톱날
이제 무엇을 그리워하고 아파하랴.

생명줄 놓고 그만 쓰러지고 마는 은행나무
밑동에 남은 나이테
경련하듯 파문을 그린다.

제각각인 파문의 간격
힘들게 살아온 자취 역력하다.
내 나이테에도 저런 자취 역력하리.

삶이란 하나씩 원을 그려가는 것
토막 난 은행나무 나이테에
눈이 내리기 시작한다.

억새꽃으로 피고 말까

바람 소리 단풍잎 술렁이는 소리
귓전에 흘려들으며
정상에 오른다.

억새꽃 물결이 나를 밀고 다닌다
나를 거쳐간 시간들까지 되돌아와
같이 밀고 다닌다.

억새꽃은 사람 냄새가 지겹지도 않은가
은빛 머리칼 휘날리며
뜨내기 마음 붙잡고 놓아주질 않는다.

여기까지 오는 동안
상처받고 싸늘히 상처주고
참 많이도 헤어진 인연.

나 그만 여기 억새꽃으로 피고 말까.
무거운 짐 지지 않고

가볍게 가볍게 바람 데리고!

홍제천

어둠에 잠긴 듯
깜깜한 홍제천

물가에서 졸던 왜가리 간 곳 없고
가끔 풀쩍 뛰어오르던
물고기 어디로 갔는가.

홍제천은 이 밤
무슨 생각에 잠겨 있을까?

둔덕 풀숲에서 짝을 부르는
여치 울음소리
사위를 더 고요하게 만드는데

가로등 불빛이 슬몃 내려와
냇물의 가슴을 뒤진다.

흐르는 물에 무엇이 만져질까?

누가 무얼 하든
중얼중얼 저 혼자 흘러가는
홍제천 가슴속이 궁금하다.

살구

원추리꽃 피었으니
살구 나올 때이다
원추리 꽃빛 살구색 닮았거니.

과일가게 갓 나온 살구
아기 볼처럼 보송보송하다.
과육이 부드러워 가르면
씨만 똑 떨어진다.

접시에 소복이 쌓인 씨들
동네 한약방 할아버지께 갖다드리고
선물로 받은 왕사탕 단물맛
입안 가득 고이는데
그 할아버지 이젠 안 계신다.

속내

백합 봉오리 누구에게 밉보여
목 부러졌는가.

공들여 키워온 생 아까워
부러진 목 수반에 옮겨놓았더니
열흘 지난 오늘 빙긋 꽃봉오리 벌렸다.

살짝 엿본 꽃방
고운 빛 잃지 않은 암술 하나
생기 간직한 수술 여섯
살려는 의지 진하다.

아직 은은한 향기
먼 곳 나비라도 불러오려나
속내가 궁금하다.

행복한 인생

산수유 열매 붉고
은빛 억새 물결 바람에 쓸려 너울대는
하늘공원
옛일 되짚으며 전망대에 오른다.

의연한 북한산 능선 선명하고
한가로이 한강 줄기 따라 흐르는 대도시
한눈에 펼쳐진다.

손발이 짧아 허둥댔던 지난날
저 넓은 대도시 얽히고설킨 길을
참 많이도 걸었네.

참 많이도 울고 웃었네
슬퍼서 울고 기뻐서 울고
그래도 웃는 날이 더 많았네.

억새꽃 머리에 쓰고 서 있는 지금

가장 행복한 인생은
사랑이 있는 고생이라는 말 떠올리며
이젠 슬퍼도 울지 않기로 한다.

용머리 해안가

저만치 모래 밀어내고
치마폭 활짝 펴고 있는
검은 화산석

하얗게 밀려오는 파도에
씻고 또 씻어보지만
타고난 살갗은 씻지 못하네

검은 구멍 속 해수에
구름과 물새가 놀고 있네

먼 수평선
이 끝과 저 끝이 느슨해지네.

행복한 기억

여름 이불 빨아 마당 빨랫줄에 널었다.
한나절 햇볕에 보송보송 말라
어머니 냄새가 난다.
풀 먹인 호청에서 나던
구수한 밥 냄새.

어머니 품에 폭 안기는 느낌
가을 햇볕 따라 찾아왔나.

시린 등 따듯하게 감싸주는
어머니 손길.

호박꽃

텃밭에 활짝 핀 호박꽃.

날 호박꽃이라 놀리며
따라다니던 남학생이 있었다.

호박꽃은 호박꽃만큼 예쁜 꽃
못난 얼굴의
은유적 표현이라 생각했기에
달갑지 않았다.

나중에 호박꽃의 꽃말이
관대함, 사랑의 치유라는 걸 알고
내심 위안이 되었지만.

호박꽃의 꽃말 알고 있었을까?
그 남학생,

어떤 꽃을 만났을까.

장미꽃 가시에 아파하고 있지는 않은지
상상은 자유라며 호박꽃이 웃는다.

꽈리

시골집 뒤란 꽈리
50년 세월을 건너뛰어
오늘 우리집 뜰에 호롱등불을 켰다.

툇마루에 둘러앉아 꽈리 불던
앞집 순자 뒷집 길순이
어디서 무얼 하나.

소식 모르니
혼자서 풍선꽈리 불다
먼 산에 눈을 주네.

제 2 부

목마름

마당 꽃나무들
폭염에 여름나기 녹록지 않았던가
아마릴리스 꽃대가 축 처졌다.

바싹 마른 뜨락
호스 물 뿌려보지만
열불 달랠 수 없다.

한바탕 소나기라도 퍼부었으면
문득 쳐다보는 하늘
쾌청한 날씨가 오히려 반갑지 않다.

어쩔 수 없는 것을 어찌하랴
나무도 꽃도 중심 잃지 않고 기다리면
어느 날 어느새 해갈의 기쁨
맛보게 되겠지.

혹 불어오는 더운 바람에

누렇게 떠버린 담쟁이 잎들이
힘없이 툭툭 떨어진다.

사랑은 아무나 하나

사월 봄볕이 눈부시다.
겨우내 거실 마루에 들여놓았던 다육이들
봄볕 호강시키려고
정원 양지 쪽에 내놓았다.

며칠 무심한 사이
통통하던 초록 살 간 곳 없이
누렇게 상한 모습.

이른 봄볕 따스함에 취해
아침저녁 일교차 헤아리지 못하고
밖으로 내몬 성급한 사랑
잘 살아온 다육이 생을 망가뜨렸다.

자책하는 나에게
온몸으로 나무라는 소리
사랑은 아무나 하나.

내년 봄

플라타너스가
12월 그늘을 끌어들이자
햇살이 궁구르는 아스팔트 위
제멋대로 뒹구는 나뭇잎들

무심한 발걸음에 밟혀
깜짝 놀라 바람 따라 재빨리
굴러간다.

구석진 곳에 몰려 있는 낙엽들
아직은 가고 싶지 않은 듯
남은 녹색을 힘없이 내비친다.

꼿꼿이 서 있는 플라타너스
내년 봄 준비하느라
하늘 가까이 높이 쳐든 팔
내리지 못하는가.

찻잔

얼음으로 깎은 듯 투명하고 영롱한
크리스털 찻잔들
한동안 잊었다 문득 생각나게 한 것은
반갑게 너를 맞이할 친구 때문이란다.

난 지금 너를 깨끗이 씻고 닦아
친구에게 보내려
모란꽃 수놓은 남빛 보자기에 싼다.

나에게 하듯이
차 색깔 따라
갈색으로 연두색으로 다홍색으로
친구의 눈과 입술을 즐겁게 해다오.

입술의 삼십 초
가슴에 삼십 년 남는다는데
오래오래 나의 뜻, 나의 우정 새겨다오.

기지개

창문 활짝 열자
봄빛 쏟아져 들어오고
시원한 공기 모세혈관 타고 번진다.

거실 군자란 봄볕이 그리운가
꽃대 길게 빼고 밖을 향한 몸짓 진하다.

아닌 게 아니라
뜨락 새싹들 노루귀 작약 손끝이 붉다.

붉은 벽돌 담쟁이 아직인데
기지개 켜기 전에 집 단장 서둘러야지.

꽃무릇

잎 진 뒤에야
꽃피는 상사화

삼단 같은 머리숱
자리다툼하다
서둘러 사라지는 잎

빨간 스카프 두르고
화사하게 피는 꽃

오늘
목 길게 빼고
마당에 피었다.

우체부 목소리
초조히 기다리던 그 9월은
붉고 뜨거웠다
끝내 편지는 오지 않았지만.

봄나물

경상도 청정지역 채소들
사과 상자에 담겨 서울까지 오느라
고단했을 터인데
싱그런 초록으로 살아 있구나.

쑥 냉이는 된장국으로
돌미나리는 전으로
머위 상추는 쌈으로
나른한 봄 입맛을 돋운다.

자손 번성하고
향기 나는 들꽃처럼 살고 싶었을 너
계절이 안겨주는 축복을 만끽했을 뿐
다친 마음 치료해주지 못했다.

너는 알는지
네 엽록소가 한 계절
초록으로 살게 하는 것을……

언니

어릴 때 나의 언니는
친구이자 보호자
세 살 많은 언니는
한날한시에 태어난
쌍둥이 같은 언니

언제나 칭찬으로
동생 기 살려주고
남이라도 잘되면
박수 보내는 천사 같은 언니

요즘 흰머리 숭숭한 언니가
칠순 지난 동생 안부 물으면
코끝이 찡해진다.

나를 가장 아끼는 언니 앞에서
나는 언제나 작은 나무

오늘 언니 만나러 갈 생각에
아침부터 마음은 공중을 난다.

새털처럼

나이 들면
한 소리 또 하고
괜한 걱정 꺼내다
아이들한테 지청구 듣는다.

살짝 구겨진 채 네일샵에 갔다
코발트블루 은색 반짝이
금방 고흐의 별들이
내 발톱에 그려졌다.

아를의 포름광장 카페테라스
남편이 즐겨 마셨던 에스프레소

타임머신을 타고
새털처럼 가볍게
카페테라스로 간다.

환한 웃음

교회 유년반에서 만날 때마다
머리에 손 얹고 장차 목사 되라고
기도해주시던 목사님 피해 다녔던 친구

신학교 다니는 딸에게
신학생과 연애도 하지 말라고
신신당부했건만

그 딸 동급생과 연애를 해
부모 없이 할머니 손에 자란
청년에게 시집갔단다.

애들이 가진 것이 없으니
하나님만 의지하게 되어 다행이라며
환하게 웃으시는 할머니
그동안 쌓였던 걱정을
말끔히 씻어주었다고 멋쩍게 웃는다.

팥죽

달랑 한 장 남은 달력
남은 한 해가 아쉬운 듯
홍수를 이룬 약속들 사이에
빨간 동그라미 속에 갇힌 동지

액운을 쫓아낸다는 세시풍속
긴 긴 밤 허기 달래주던
팥죽 한 그릇

이 동짓날 어머니 생각나
나도 팥죽을 쑨다.

붉은 팥물이 끓을 때마다
동동 떠오른 새알심
구수한 냄새에 도는 하얀 군침,

이젠 흔한 음식이 되었고
세시풍속에 관심 없는 아이들에게

백자 대접에 팥죽을 담아준다.

나이 한 살 더 먹고
액운은 올해로 끝났으면 좋겠다.

헛말

방심이 큰일 저지를 줄이야
겁도 없이 눈길에 나갔다 미끄러져
손목 부러뜨리고 말았다.

깁스한 손 불편하기만 한데
아려오는 뼈마디
내 몸의 가지임을 일깨운다.

사순절 기간이 유혹받기 딱 좋은
화창한 봄날이건만
송구한 마음으로 묵상하는 시간을 갖는다.

언제 끝날지 모르는 통증

어릴 때 장난감처럼 가지고 놀다
다리 부러뜨린 방아깨비
그 절망의 아픔 그땐 헤아리지 못했다.

다시 만나
그때 얼마나 아팠느냐고 물으면
헛말하지 말라고 눈 부릅뜨겠지.

황금개띠 해

홰를 치지 못하면 오늘이 없고
오늘이 없으면 내일도 없는데
얼떨결에 맞이한 새해
세월의 강에 쓸려 흘러온 일월 끝자락

딸 잃은 친구 멍한 얼굴
타협 모르는 대쪽 같은 성품대로
한 번 쓰러져 그대로 가버린 선배

생명은 누구 손에 달렸는가
신에게 묻는다.
내 이웃을 내 몸같이
사랑하지 못했던 나
어찌할거나

황금개띠 해 반짝반짝
빛나는 금처럼
신이 내게 두신 소원

제자리 잡는 한 해 되었으면……

밥상

내게는 혈육 같은
밥상이 하나 있다.
할머니 어머니와 같이 둘러앉았던 상

학교에서 늦게 오는 나를 위해
윗목에 차려진 조각보 덮고 있는 상

상보를 열면
내가 제일 좋아하는 계란찜과 김이
반갑게 맞이했다.

지금은 전화받침으로 쓰고 있는 상
전화벨이 울릴 때마다
옛일이 그리운지 몸을 부르르 떤다.

분신들

만두 한 채반 빚어놓고
저금한 것 같다고 뿌듯해하는 큰딸
자기관리 철저하고
오십억 기부자가 꿈인 아이
항상 식구들 잘 챙긴다.

저금해놓은 만두는
늘상 밀가루 음식 좋아하는 막내딸 몫
속정 많고 책임감 강한 아이
아빠를 많이 닮았다.

먹새 좋은 아들
냉장고 안 헐겁게 해 채우기 바쁘지만
보고만 있어도 집안이 꽉 찬 느낌
예쁜 커피잔에 엄마 입맛 맞게
유기농 설탕 타주는 자상한 아이.

나는 애들에게 어떤 모습일까?

황혼의 노래

깊어가는 가을밤
카톡 친구가 보내온 〈황혼의 노래〉

여학교 때 음악 선생님 작사 작곡
오십 년 저쪽이 지금인 듯 반갑다.

뒤늦게 작곡 공부 하시면서
젊은이들과 어울리는 것이 즐겁다며
행복해하셨던 선생님

장신의 큰 울림통, 부드러운 바리톤
간 곳 없는 지금

그대여 나는 너를 잊지 못하리
마음 깊이 새겨진 사랑이 아롱지네
황혼의 노래

밀물처럼 불어나는 그리움이

이 밤 나를 붙들고 놓아주지 않는다.

사과대추

우유로 키운 아이
자라서
비만아 될 염려 때문에
모유로 키우는 요즘

사과만큼 큰 대추
무얼 먹고 컸을까

본래의 대추 맛 못 느끼는 것은
인간의 탐욕 보는 것 같아
떨떠름하다.

크다고 다 좋은 건 아닐 터
작은 대추의 단단하고 달착지근한 식감
입안 가득 군침 고인다.

제 3 부

괴실 1

몇 해를 벼르다 단장 끝낸 시골 한옥
열일곱 살 성인식 올린 처녀 같다.

단잠 깨우는 새들의 노래에 기지개 켠다.

개개비 둥지에 알 낳아놓고
안절부절못하는 어미뻐꾸기 우는 소리 애달프고
부지런한 장끼 호령에
재빨리 화답하는 까투리 애교 귀엽다.
참새 동네 이루고 조잘댄다.

풀 대신 꽃을 보겠다고 심은 벌개미취
칠월부터 보라색 스카프 두르고
바람과 춤을 춘다.
보라색 물결에 미혹된 나비
이 꽃 저 꽃 인사하기 바쁘다.

어둠으로 가득 채워진 밤

초승달 그네 타고
별들 숨바꼭질 한창인데
찌르레기 전자파 울음 찌익 긋고 간다.

창호지문에서 새어나온 전등빛
고즈넉한 시골 밤 밝힌다.

인생도 한 줄기 빛일진대
나는 저 전등 불빛처럼 아련히 회한에 젖는다.

괴실 2

갓 장마 끝난 여름
한나절 대청마루에 누웠다.

멀리 산 능선 따라
뭉게구름 피어오르고
비행기 하나 흰 꼬리 길게 끌며 날아간다.

햇살이 언뜻언뜻
뭉게구름 헤집고 나올 때마다
앞산 한껏 초록 뽐낸다.
때마침 나타난 제비 한 쌍 앞다퉈 날아간다.

슬며시 모시적삼 파고드는 바람
옥수수 찌는 냄새와 어울려
서울서 아이들 올 때 되었다고 간질이네.

괴실 3

이장네 감자 캐는 날
이천 평 남짓한 밭에
트랙터까지 동원되었다.

새참시간
앉은뱅이방석 매달고
오리궁둥이 된 일꾼들
느티나무 밑 평상에 둘러앉았다.

용달차에 실려온
짜장면과 노란 단무지
일꾼들 앞에 줄을 선다.

내 어릴 적
모내기하던 날 새참은
맷돌에 간 통밀가루로 만든 칼국수와
양은주전자 막걸리에
열무김치를 곁들여 먹었다.

짜장면 색깔처럼

까맣게 빛바래져 가는 옛일이 아쉽다.

괴실 4

수령 삼백 년 됨직한 은행나무
괴실마을 간판스타

한겨울 하얀 눈 덮어쓰고
자는 듯 조용하지만
오월이면 무성한 잎으로
큰 그늘 드리우고
가을에는 집채만 한 황금빛 사원 되어
자식농사 자랑하던 나무

이 여름 다 가도록
잎조차 피우지 않고
벌거숭이로 허공에 팔 벌린 채
바람에 휘청거린다.

속이 비어 행자목으로도 쓸 수 없이
베어질 날만 기다리며
혼자 흐느끼고 있는 것 아닌지

눈치 없는 다람쥐

텅 빈 나무 속을 제집인 양 들락거린다.

보리수나무

20년 같이 살면서 10년 전부터
해마다 보리똥 던져주던 보리수나무.

지난해 병든 한 쪽 팔 잘리고도
가지 휘도록 달린 열매들
빨갛게 금방 쏟아질 것 같은데

딱새 구멍 뚫고 둥지 튼 흔적 여러 번
속이 텅 비어가는 아픔 겪고 있었다.

자식 뒷바라지 몸 사위어가는
어머니와 무엇이 다르랴

내년에도 볼 수 있을까
거칠어진 나무 등 쓰다듬는다.

더불어 산다?

비 퍼붓고 간 뒤
살판난 풀들 기세등등하다.

더불어 사는 세상
더불어 살지 못하는 풀과의 전쟁

봄에 나온 풀 한살이 끝낸 후
여름 풀에게 살짝 자리 비켜주고
저희끼리 희희낙락
제 땅도 아니면서 제멋대로다.

풀 집요하게 뽑는 나를 비웃듯
불어나는 풀들에게
제초제 뿌려 한 방에 없앨 수도 있지만
이게 더불어 사는 것이라고

돌아서는 나의 뒤통수에
"참 많이도 봐주는구나" 빈정대는 소리

꽁무니바람 되어 따라온다.

빈 방

1. 생떡국

홍합 넣은 미역국에 찹쌀옹심이
어머님 계실 때 자주 해먹던 음식
해물의 시원한 맛 좋아하셨다.

2. 김치밥국

밥이 어중간할 때
멸치육수에 배추김치 밥 떡국떡
아이들 겨울방학 때 점심
코에 송골송골 땀방울 달고
맛있게 먹으면 더욱 신바람 났다.

3. 배추전

배추부침개
따끈할 때 길게 찢어
양념장 찍어 먹으면
달착지근 사각사각 씹히는 맛
식구들이 즐겨 먹던 음식이다.

부자 간 막걸리잔 기울이며
소통하는 모습 보기 좋았는데
모두가 떠난 빈 방
정원 감나무에 까치 소리 요란하다
누가 오려나
창밖에 눈발이 날린다.

속마음

요리하기 좋아하는 아들
한껏 솜씨 부린 저녁상.

내 눈치 본다.

버섯볶음이 좀 짠 것 같다.
국은 싱겁고.

짜면 밥하고 드시고
싱거우면 많이 드시면 돼요.

벙쩌 있는 나.

평소에 엄마가 우리에게
하시던 말씀이에요. 호호.

곁에서 보고 있던 딸
픽이나 재미있어하는 눈치

칭찬만 해줄 걸

고래도 춤춘다는데

칭찬은 무슨……

잔소리만 안 하면 되지.

엄마

꽃가마 타고 시집오신 울 엄마
꽃상여 타고 가신 달도 오월입니다.

5월 8일이면
가슴에 달리는 이 훈장 같은 카네이션
엄마에게 달아드리고 싶습니다.

태어나 제일 먼저 배운 말
엄마!
부를 때마다 정겨운
자꾸만 부르고 싶은 이름입니다.

종갓집 맏며느리로 시집간 막내딸 안쓰러워
한시도 마음 놓지 못하시던 엄마
시집 울타리에 갇혀 미처 생각 못 했는데
뒤돌아보니 엄마는 보이지 않습니다.

비바람에 시달린 나무껍질같이

거칠고 푸근한 엄마손 쓰다듬으며
고맙습니다 사랑합니다 한마디 못 했습니다.

엄마 사진 앞에 카네이션 한 송이 놓고
돌아서는 나의 등 뒤에서
"괜찮다"
미소 짓는 엄마의 화안한 얼굴 떠오릅니다.

짜파구리

어제 내린 비에 한결 부드러워진 흙
성급히 밀어올리고 나온 상사화
잎 끝이 노랗다.

봄이라지만 흐린 하늘
코로나 바이러스로 움츠러든 마음
웃겨볼 양 짓궂은 생각 떠올라
짜파구리로 아침밥을 만들었다.

아침 식탁에 짜파구리라니!
의아해하면서 아이들은
예삿일이 아니라며 인증사진 찍고 야단

짜파구리 맛있게 먹고
출근하는 아이들 뒷모습에
웃음꽃 따라간다.

텅 빈 일상

코로나 바이러스에 갇힌 지 4주
마스크 쓰기, 사회적 거리 두기, 외출 자제하기,
잠시 접고 봄풍경 만나러 간 대학 교정.

민들레는 노랗게
목련은 뽀얗게
벚꽃은 하얀 면사포 쓰고 밝게
웃으며 반긴다.
서로 거리 두지 않고
눈 맞추며 스킨십도 한다.

품속으로 파고드는 시앗 바람
시샘하듯 벚꽃 가지 흔들어놓고
꽃비 되기 싫다고 손사래 치는데

학생들 보이지 않는 텅 빈 교정에
음식배달 오토바이 내달리는 소리 요란하다.

평발

친구의 발과 다른 나의 평발
큰 불편 없었지만
초등학교 운동회 날
달리기는 항상 친구한테 뒤처졌다.

군대 신검에 걸리는 평발
아치 없고 운치 없는 발로
사랑하는 남자 만나 결혼했고
제주 올레길 걷고
백두산 천지 오르고
미술관 음악회 잘도 다녔다.

하루도 빠짐없이 내 육중한 몸을
홍헌서실로 데려다주는
아버지 닮은 두 발 따듯한 물에 담근다.
아버지 고맙습니다.

문우순의 별

시골집에 갔다
수북이 자란 잔디 깎고
집 주위 무성한 잡초도 뽑았다.

옛것을 좋아한 남편과
잘 어울리는 한옥
툇마루에 앉아 쳐다본 하늘

어느새 별이 떴다
자주 남편과 툇마루에 앉아
가장 큰 별이
내 별이라고 서로 우겼다.

같이 앉아 별을 셀 사람이 없는 지금
그는 저 하늘에서
자기 별을 만났을까?
별의 주인이 둘이라고 말했을까?

한라봉

옐로 푸드의 으뜸 감귤
툭 불거진 배꼽 닮은 꼭지 깃
여드름 자국 같은 울퉁불퉁한 껍질
호감 가지 않지만
속살 상하지 않게 두꺼운 껍질
쉽게 벗길 수 있어 좋다.

껍질에서 뿜어져 나오는 독특한 향기
온 집안 가득 채워 상쾌함 더하고
튼실한 과육 달콤한 식감
입안 가득 행복한 맛에 취하게 한다.

한라봉은 제주 한라산 닮았다.
꼭지 깃은 한라산 봉우리
꼭지에 달려 있는 녹색 잎
한라산 정상에 꽂아놓은 깃발 같다.

한 번도 오르지 못한 한라산

한라봉 벗기며 하루에도 몇 번씩

정상 오르는 쾌감을 누린다.

단비

찢어진 비닐우산도 귀했던 시절
장화 없이는 다닐 수 없던 진창길
습기에 눅눅해진 옷
마르지 않은 빨래 비린내
이젠 그마저 그립다.

하루걸이 걸린 듯 누런 볏모들
쩍쩍 갈라진 저수지 바닥
주름진 농부 시름 깊어만 간다.

앞마당 감나무 잎

후두둑 때리는 빗소리

새벽잠 깨웠지만

밤새워 기다린 애인인 듯 반갑다.

맨발로 뛰어나가 껴안고
춤이라도 출거나.

동창생

빛바랜 사진 보며
학창시절로 돌아간다.

남편 흉 보고
어쩌다 생뚱맞은 말을 해도
나무라기보다 킬킬대는 동창들

자식 자랑 끝낸 지 오래다.
손주 사진 서로 돌려보며 웃는다.

복자도 가고 정애도 가버린
남은 동창 다섯
내 생의 보석들,

자주 만나자고
매듭 굵어진 손가락 건다.

손등에 핀 저승꽃 잊고

입덧
— 최금녀 선생에게

백 세에 시인이 된 시바타 도요처럼
시를 쓰라고
시 창작 교수까지 소개해주었다.

너무 잘 쓰려고도 말고
쉬운 주제부터 고르고
시를 많이 읽으라고
시집까지 골라준 시인

노산을 기대하면서도
때론 안쓰러운지
연민의 눈빛 가득하다.

시를 쓴다는 것은
어둠 속에서 꽃을 그리는 것이라는데

시는 언제 들어설 것인가
나는 오늘도 밤새워 입덧을 기다린다.

어미고양이

늦가을
정원 한구석 낙엽더미 위에
길고양이 새끼를 낳았다.

눈도 못 뜬 채 꼬물거리는 새끼들
어미는 어디 갔을까?
날씨는 추워지는데
라면 상자에 천을 깔고 옮겨놓았다.

이튿날 아침 눈여겨보니
새끼 품고 있는
어미고양이 눈빛이 간절하다.

새끼는 소중한 것
젖 많이 나오라고
어미에게 참치와 우유를 주자
허겁지겁 핥아먹는다.

밑바닥까지 핥아먹은 어미
허기진 배를 채웠나

가슴에 코 박고 젖 빠는 새끼들
털 핥아주는 어미사랑
사람과 무엇이 다르랴.

제 4 부

긴기아난

멀리 호주와 뉴질랜드가 고향인 너
거실 탁자에 고이 모셨지.

당신을 사랑한다는 꽃말처럼
별사탕 같은 작은 꽃에서
풍기는 그윽한 향기
식구들 마음 사로잡았네.

네 향기 코끝 스칠 때마다
나는 어떤 향기 나는지
묻고 싶었지.

겸손의 향기
용서의 향기
늘 낮은 데로 임하라고
조용히 타이르는 것 같아
내 마음 발갛게 물들었네.

너는 알고 있니?

내가 너를 무척 닮고 싶어 하는 걸.

꽃기린

실거미 한 마리
꽃기린 가느다란 줄기에
집을 짓는다.

집이 다 돼 갈수록
꽃기린 예쁜 모습 누추해지지만
고난의 깊이를 간직하다라는
꽃말답게
의연히 받아주고 있다.

실거미 이해하지 못하는 나
거미줄 단번에 걷어내고 싶은데
십자가 예수님 쳐다보고
죄인의 손길 거둔다.

예수님도 우리 죄를 위하여
묵묵히 십자가에 못 박히셨다.

거울

공들여 화장을 하고 거울 본다.

얼룩진 분 자국, 왕방울 눈,
유난히 큰 콧구멍,
밭고랑처럼 패인 주름 골,
제멋대로 핀 검버섯.

살아온 흔적 지울 수 없네.

잘 늙음이 청춘으로 사는 것보다 어렵고
고통 없는 아름다움 없다며
거울 보고 찡긋 웃어준다.

봄 여름 피는 꽃보다
가을에 단풍으로 아름답게 사는
지혜를 배워야 할 때다.

감사

일요일 아침을
뜰에서 햇살세례 받고 시작하는
길고양이 세 마리
된장이, 얼룩이, 팜 파탈,
아이들이 붙여준 별명 달고
제집처럼 들락거린다.

된장이는 라일락 곁 담장 위
얼룩이는 모과나무 쪽 담장 위
팜 파탈은 목단나무 아래
느긋하게 자리잡고 있다.

겁 없는 된장이는 눈 마주치면
실눈 인사로 애교도 부린다.
개양이라나 개 닮은 고양이.

경계심 많은 팜 파탈은 된장이와 단짝
새끼 배가지고 같이 나타난다.

참치 캔 준 것이 고마운지
생쥐 잡아 현관 앞에 살짝 놓고 간다.
덩치 큰 얼룩이는 이들 주위를 어슬렁거릴 뿐
늘 혼자다.

한식구인 양 고양이들 안 보이면
정원 한구석이 텅 빈 것 같다.

오늘은 마스크 쓰고 예배드릴 수 있다니
집은 고양이들한테 맡기고
하나님께 기도 드리러 가야겠다.

누비이불

내일부터 영하로 내려간다니
마당 수도계량기 동파될라
이불장 안에서 누렇게 바랜
누비이불 꺼냈다.

시집갈 때
어머니 손수 장만해주신 이불
덮을 때마다
어머니 온기 포근했는데
계량기 추위 막아주게 될 줄이야

누비이불 덮은 계량기
어머니 따뜻한 마음까지 덮고
금년 겨울 탈없이 지내겠구나.

다뉴브 강가에서

다뉴브 강가에 생을 흘려보낸 혼들이여
이 아름다운 강 두고 어디로 갔는가.

머르기트 다리 아래
젊은이들 쌍쌍이 속삭이는데
혼들은 안 보이고 강물만 무심히 흐르네.

노을빛에 젖어 일렁이는 다뉴브강
먹먹하고 목이 메인다.

혼들을 위로하는 손들이 갖다놓은 촛불
허른한 촛불 한두 자루로
그대들의 마음 위로가 되겠는가

지금 내 앞으로 불어 지나가는 바람
혼들이 나에게 호소하는가.

비명에 간 혼들을 추모하며.

기쁜 소식

오대산 월정사 전나무 숲길
환히 동공 열리는 야생화 천국

쌍둥이바람꽃, 회리바람꽃, 분홍빛 얼레지,
매미꽃과 산괴불주머니, 노란색이 돋보인다.

마음 끄는 노랑무늬붓꽃은
오대산 국립공원 깃대종
곧고 푸른 전나무 기상에도 눌리는 기색 없이
환하게 피는 강인함
순백의 바탕에 황금무늬
야생화 중 으뜸 꽃.

대학 시절 식물 채집 다닐 때
처음 발견하고 기뻐하던 친구 비명에 가더니
기쁜 소식이란 꽃말처럼
노랑무늬붓꽃 되어 왔는가.

친구 그리운 마음

붓꽃 옆에서 떠나지 못하네.

감국동동주

마당에 노란 감국
활짝 웃고 있네
향기 따라온 벌들
꿀 따기 바쁘다.

어머님이 손수 빚어낸
감국동동주
동동주 뜨는 날은
아버님 하회탈 되는 날

오지자배기에
조롱바가지 띄우고
추어탕 안주삼아 즐기시며

얼큰해진 얼굴로
"너도 한 잔 해라"
며느리 술버릇 키워주신
아버님 생각난다.

항아리 깨끗이 씻어
감국동동주 담가볼거나.

고구마 보시

고구마 한 상자 택배로 왔다.

시골집 밭에 고구마를 심은 적이 있다.
줄기와 잎이 싱싱하게 잘 뻗어가고 있어 흐뭇했다.
수확철 되어 설레는 마음으로 호미 들고 밭에 갔다.
이게 웬일
고구마 밭은 다 파헤쳐진 채
멧돼지 발자국 어지럽게 나 있고
고구마는 한 개도 거두지 못했다.

이 광경 보고 동네 할머니가 들려준 코믹한 이야기
몇 해 전 잦은 멧돼지 출몰에 고심하던 중
고무다라에 막걸리를 가득 채워 밭 한가운데 두
었다.
어느 날 횡재 만난 멧돼지 그 술 다 먹고
늘어져 자는 것을 몽둥이로 때려잡아 동네잔치
벌였단다.

고구마 맛있게 먹고 행복했을 멧돼지 가족들
고구마 보시를 한 것 같아 허망했던 마음이
조금은 위안이 되었던 기억.

상자 안에 튼실한 고구마들
그때 일이 생각나 입가에 웃음이 절로 난다.

당신 이는 백만불?

묵은 사진첩을 편다.
떨어질 듯 붙어 있는
흑백 사진 한 장
덧니 드러내고 환하게 웃고 있는
앳된 숙녀,

"당신 이는 백만불"
분홍색 종이에 쓴 낯익은 글씨,

거울 보고 웃어본다
정말 내 이는 백만불짜리인가?

콩깍지가 씌었던 그는
지금쯤 나의 임플란트 이를 보면
무어라 말할까?

"여보 우리 더 늙기 전에
영정 사진 찍으러 갑시다."

서둘러 나가는 그의 뒷모습이
눈에 선하다.

봄의 정원

1.

잉태와 해산의 산실
봉긋 나온 철쭉 볼에 번지는
보드라운 볕은
꽃봉오리 터트리는 산파,

초례청 신부 활옷 된 목단
족두리 화려하다.

향기의 여왕 라일락
초록 스카프로 목을 휘감고
하트 엽서 공짜라고 손짓한다.

2.

만삭이 된 고양이 처진 배를 안고
양지에 엎드려 졸고 있다.

첫아이 임신했을 때
시도 때도 없이 쏟아지던 잠
엄마만이 아는 소중한 기억,

새봄 한아름 정원에서 만난다.

빈손

나물 먹는 그를 보고
소 여물 먹듯 한다고
입버릇처럼 놀려 대던 때가 언제였나.

쑥, 달래, 머위, 냉이
맛깔스런 봄나물 그득한데
돌아보니 그가 보이지 않는다.

훌쩍 떠나간 그의 빈자리
어느새 일곱 번째 맞는 날
파주 추모공원에 갔다.

빙긋 웃고 있는 사진 속 그
"오늘은 무슨 나물 드셨수?"
물어도 여전히 웃기만 한다.

돌아오는 길
시골 아주머니 좌판에 나온 봄나물

내 발목을 잡는다.

반갑지만 그가 없으니
빈손으로 돌아선다.

유정한 햇살

발등 쓰다듬는 가을 햇살 한 자락
집안이 그리운가
살금살금 온실에 들어와
화초들 어루만지더니
성큼 거실에 자리 편다.

이 햇살에 우리는
사랑을 가꾸었고
이 햇살에 우리는
첫딸을 얻었고
가을 좋아한 남편은
가을 햇살 따라 가버렸다.

쓰린 마음 쓰다듬는
유정한 가을 햇살 한 자락
국화차 잔 속 남편 모습에 어린다.

이젠 떠나야 할 때

담쟁이
기를 쓰고 기어오르며
뙤약볕 아랑곳하지 않더니

이 가을 그냥 가기 아쉬워
빨갛게 상기된 채 담장 껴안고
나풀나풀 매달린 작은 잎들
석양빛에 반짝이고 있지만
이젠 떠나야 할 때

한 잎씩 바닥에 떨구는
떨켜의 매정함 야속하련만
다음 여정에 더 푸른 초록으로
살려고 인내하는가.

추억 다시 하기

1.
프라하광장 시계탑 앞
골목 안 빨간 벽돌 건물
사이에 있는 중국 식당
오향장육과 흑맥주는 환상의 궁합
남편은 흑맥주를 즐겼고
나는 오향장육에 반해 참새부부가 되었던 곳,

2.
영화 〈황태자의 첫사랑〉으로
더 유명해진 곳
하이델베르크의 황소 술집
영화 주인공들처럼
맥주잔 높이 들고
축배의 노래 흉내내기도 했지,

3.
베니스 카사노바가 갇혔던 감옥

통곡의 다리 밑을 곤돌라로 지날 때
음침한 감옥보다
화려한 여자가 더 좋다며 탈옥
파리로 도망간 바람둥이의
전설 같은 이야기
곁에 있는 나의 카사노바
오! 솔레미오 열창 하는 얼굴에
물그림자 일렁인다.

토르소

겨울나기 한다고
팔 잘리고 머리 잘린 나무들
너무 아파 온 몸이 굳어버렸나,

앙상히 버티고 서 있는 가로수
한층 높아진 가로등이
빛 그물로 감싸주며
따뜻한 미소 보내지만
눈이라도 와서 하얀 솜이불
덮어주었으면

중심 척수 치료받는 아들
오른쪽 팔과 손이 부자유스러워
걸어다니는 토르소 같다
옷깃만 스쳐도 아파한다.

감각이 살아 있는 건 좋은 징조지만
곁에 있는 어미 마음 저리다.

겨울나기 한 나무 아름답게 살아나듯
아들의 인내 성숙한 삶으로 피어나겠지

좋아하는 굴칼국수
준비하는 마음 절실하다.

문우순의 시세계
— 영성적 서정시를 기다리며

유한근(문학평론가)

1. 일상적 모티프의 미학적 상상력

자연인으로서의 삶이나 시인으로서의 삶이 다르지 않을 때 시인이라는 칭호는 타당성을 갖는다. 시는 시인의 자연스러운 감성 토로이기 때문이다. 시인 내면 깊숙이에 똬리를 틀고 있는 원초적 정서가 걸림 없이 분출되기 때문이다. 그래서 로맨티스트들은 시인의 선천성을 신봉한다. 그러나 현대에 들어 이러한 시에 대한 인식은 달라졌다. '자연인으로서의 삶'과 '시인으로서의 삶'의 불일치를 인정하기 시작했다. 시인으로서의 삶이 고단한 현실적 삶을 극복할 수 없기 때문일 것이다. 그래서 이 양자의 삶이 동일한 시인을 우리는 천상의 시인으로 주목하게 된다. 그 하나의 예가 천상병 시인이다. 이런 경우, 그 시인의 시는 오성적 판단보다는 취미 판단, 미적 판단을 기준으로 하여 평가된다. 천상병의 초기 시의 모던성보다 후기 시의 보편적 서정성에 관심을 갖는 것이 그것이다. 그리고 생활과 밀착된 쉬운 시에 주목하는 것도 그 때문이다.

이러한 맥락에서 문우순의 시를 접근한다. 그리고 그의 '신인 추천사'를 주목하게 된다. "최근에 들어 현대시에 대한 반성이 높아져 가고 있다. 소통을 거부하는 시. 해석의 오류를 유도하는 난해시. 그리고 참신한 시적 표현 구조를 표방하면서, 깊은 사유가 보이지 않는 공소空疎한 시. 이런 헛된 시들이 판을 치고 있는 우리 시 현실에, 깊은 사유로 가슴을 치는 서정시가 주목을 받고 있다. 이러한 반성 속에서 문우순 시인의 서정시는 주목될 수밖에 없다"는 것이 그것이다.

문우순 시는 꾸밈이 없다. 현대시의 앰비규어티(ambiguity, 애매모호성)를 고려하지 않는다. 자연인으로서의 삶의 궤적과 그 속에서 느끼고 사유한 정서를 시어로 표상할 뿐이다. 그래서 그의 시인으로서의 인생은 행복하다.

산수유 열매 붉고
은빛 억새 물결 바람에 쓸려 너울대는

하늘공원
옛일 되짚으며 전망대에 오른다.

의연한 북한산 능선 선명하고
한가로이 한강 줄기 따라 흐르는 대도시
한눈에 펼쳐진다.

손발이 짧아 허둥댔던 지난날
저 넓은 대도시 얽히고설킨 길을
참 많이도 걸었네.

참 많이도 울고 웃었네
슬퍼서 울고 기뻐서 울고
그래도 웃는 날이 더 많았네.

억새꽃 머리에 쓰고 서 있는 지금
가장 행복한 인생은
사랑이 있는 고생이라는 말 떠올리며
이젠 슬퍼도 울지 않기로 한다.
　―〈행복한 인생〉 전문

시적 화자는 서울 하늘공원에 서서 한강과 북한산을 보면서 "손발이 짧아 허둥댔던 지난날 / 저 넓은 대도시 얽히고설킨 길을" 떠올린다. 하늘공원은 서울 마포 상암동에 위치한 생태환경공원이다. 쓰레기 매립장이었던 난지도를 자연생태계로 복원한 공간이다. 그곳에서 걸었던 서울의 "얽히고설킨 길을" 떠올리며 지난날의 희로애락을 떠올린다. "그래도 웃는 날이 더 많았"음을 환기한다. 이것이 이 시에서의, 칸트가 말한 재생적 상상력의 소산이다. 그것들을 통해 시적 화자는 "가장 행복한 인생은 / 사랑이 있는 고생"이라는 반어적 아포리즘을 생산적 상상력으로, "억새꽃 머리에 쓰고 서 있는 지금 / 이젠 슬퍼도 울지 않"는 미학적 상상력으로 자신을 성찰한다.

그리고 시 〈텅 빈 일상〉에서는 "코로나 바이러스에 갇힌 지 4주 / 마스크 쓰기, 사회적 거리 두기, 외출 자제하기"를 접고, "봄풍경 만나러" 모교인 고려대 교정을 가본다. 그곳에서 노란 민들레, 하얀 목련을 보고 벚꽃을 "하얀 면사포 쓰고 밝게 / 웃으며 반긴다"고 인식한다. 그것들은 사람들과는 달리 "서로 거리 두지 않고 /

눈 맞추며 스킨십도" 한다. 그러나 시적 화자는 "품속으로 파고드는 시샛 바람 / 시샘하듯 벚꽃 가지 흔들어놓고 / 꽃비 되기 싫다고 손사래 치는데 / 학생들 보이지 않는 텅 빈 교정에 / 음식배달 오토바이 내달리는 소리 요란"한데, 그 교정의 풍경을 '텅 빈 일상'으로 인식한다.

한편, 시 〈짜파구리〉에서는 한국을 빛낸 영화 〈기생충〉으로 유명해진 '짜파구리'를 모티프로 하여 시를 쓴다. "어제 내린 비에 한결 부드러워진 흙 / 성급히 밀어올리고 나온 상사화 / 잎 끝이 노랗다. // 봄이라지만 흐린 하늘 / 코로나 바이러스로 움츠러든 마음 / 웃겨볼 양 짓궂은 생각 떠올라 / 짜파구리로 아침밥을 만들었다. // 아침 식탁에 짜파구리라니! / 의아해하면서 아이들은 / 예삿일이 아니라며 인증사진 찍고 야단 // 짜파구리 맛있게 먹고 / 출근하는 아이들 뒷모습에 / 웃음꽃 따라간다"(《짜파구리》 전문)가 그것이다.

그리고 시 〈유정한 햇살〉에서는 우리 모두가 체험하는 일상의 햇살을 모티프로 하여 남편에 대한 그리움을 절제 미학으로 표현한다.

발등 쓰다듬는 가을 햇살 한 자락

집안이 그리운가

살금살금 온실에 들어와

화초들 어루만지더니

성큼 거실에 자리 편다.

이 햇살에 우리는

사랑을 가꾸었고

이 햇살에 우리는

첫딸을 얻었고

가을 좋아한 남편은

가을 햇살 따라 가버렸다.

쓰린 마음 쓰다듬는

유정한 가을 햇살 한 자락

국화차 잔 속 남편 모습에 어린다.

— 〈유정한 햇살〉 전문

화초들이 자라는 온실로 들어와 자리를 펴는 가을 햇

살 한 자락. 그 햇살을 통해 시적 화자는 가을을 좋아해 가을 햇살 따라 다른 세상으로 떠난 남편을 떠올린다. 이것이 코올리지가 언급한 상상력 층위인 공상FANCY, 칸트의 재생적 상상력이다. 그 재생적 상상력에서 생산 적 상상력과 미학적 상상력인 가을 햇살이 유정함을 인식하게 되고, 국화차 잔 속에 어리는 남편 모습을 보게 된다.

여기에서 우리가 주목해야 할 부분은 시상의 전개가 '가을 햇살 → 온실 화초 → 우리의 사랑 → 첫딸과 남편 → 유정한 햇살 → 국화차 잔 속 남편'으로 이루어지지만 발상 모티프인 '가을 햇살 = 남편'이라는 등가치가 이 시의 미학적 판단을 가능하게 한다.

우리 모두가 겪게 되는 일상적인 체험이 위와 같이 시로 형상화되고 있다는 점이 이 시들을 다시 보게 된다. 누군가는 이런 시를 수필적인 시라고 지칭할 수도 있다. 그러나 범속한 일상을 범속하지 않게 시적 상상력을 통해 형상화한다는 점에서 그러한 혐의는 가능하지 않다.

2. 영성靈性시의 가능 지평

신앙 고백적인 시 혹은 기독교 시는 일반 독자에게는 선호감이 떨어진다. 그것은 신앙적 용어와 직설적인 토로가 생경하게 드러나기 때문이다. 그러나 이러한 시법을 절제하고 직접적으로 드러내지 않을 때 그 시는 종교시로서의 가치를 배가시킨다.

종교시의 요체는 영성靈性이다. 시인에게 영성은 감성적 인식이나 이성의 세계를 초월하여 우주적 본질과 만나게 하는 힘이다. 사람과 자연 그리고 우주와의 합일된 체험과 그 본질의 소리, 신의 음성까지 들을 수 있는 신비한 영적 체험을 가능하게 하는 상상력이다. 그 힘은 인간의 삶 속에서 파생되는 잡다한 고통을 치유할 수 있는 힘을 지닌다. 그것은 우주에 존재하고 있는 것을 소통하게 하는 신성神性이기 때문이다.

문우순 시인은 기독교인이다. 그러나 직설적으로 신앙고백을 하는 시를 쓰지는 않는다. 그럼에도 불구하고 행간 속에는 기독교적 신앙이 배어 있다. 그의 시에서 만나게 되는 영성은 어떤 것일까?

일요일 아침을

뜰에서 햇살세례 받고 시작하는

길고양이 세 마리

된장이, 얼룩이, 팜 파탈,

아이들이 붙여준 별명 달고

제집처럼 들락거린다.

된장이는 라일락 곁 담장 위

얼룩이는 모과나무 쪽 담장 위

팜 파탈은 목단나무 아래

느긋하게 자리잡고 있다.

겁 없는 된장이는 눈 마주치면

실눈 인사로 애교도 부린다.

개양이라나 개 닮은 고양이.

경계심 많은 팜 파탈은 된장이와 단짝

새끼 배가지고 같이 나타난다.

참치 캔 준 것이 고마운지

생쥐 잡아 현관 앞에 살짝 놓고 간다.

덩치 큰 얼룩이는 이들 주위를 어슬렁거릴 뿐

늘 혼자다.

한식구인 양 고양이들 안 보이면

정원 한구석이 텅 빈 것 같다.

오늘은 마스크 쓰고 예배드릴 수 있다니

집은 고양이들한테 맡기고

하나님께 기도 드리러 가야겠다.

— 〈감사〉 전문

위의 시 〈감사〉는 들고양이인 된장이, 얼룩이, 팜 파
탈을 모티프로 하여 쓴 시다. 이 시에서의 기독교적 시
어와 문장은 복합어인 '햇살세례', '예배' 그리고 마지막
행인 "하나님께 기도 드리러 가야겠다"뿐이다. 이 중에
서 주목되는 시어는 '햇살세례'이다. '세례'의 사전적 의
미는 "기독교에 입교하는 사람에게 모든 죄악을 씻는
표시로 베푸는 의식"이다. 들고양이의 따뜻한 아침햇살

을 '햇살세례'로 표현하는 시심은 다분히 기독교적이다. 그리고 들고양이에게 집을 맡기고 "마스크 쓰고 예배 드릴 수 있다니", 그래서 감사하다는 마음을 갖는 것도 매사에 감사하는 일상적인 마음, 또한 기독교인의 마음 이다. 햇살세례에 감사하는 들고양이, 그 고양이가 집을 지켜주는 시적 화자의 감사하는 마음, 그리고 "참치 캔 준 것이 고마운지 / 생쥐 잡아 현관 앞에 살짝 놓고" 가 는 덩치 큰 얼룩이의 마음은 영성과 깊은 관계가 있다.

이 시의 제목을 '감사'로 한 이유는 아마도 두 가지 의 미에서일 것이다. 그 하나는 앞서 말한 바, 집을 지켜주 는 들고양이에 대한 감사 마음 때문이겠지만 그보다는 들고양이의 보은 혹은 감사하는 마음을 의미한다고 볼 수 있다. 들고양이에게 맑은 물이나 사료를 챙겨주면, 그 고양이들이 가끔 쥐나 새를 잡아 죽은 사체를 주인이 볼 수 있는 곳에 갖다놓는 경험을 하게 된다. 그 행위는 말 못 하는 고양이의 보은 행위라는 것이다. 그것을 감사하 는 마음으로 인식한 것은 '햇살세례'와 함께 시인이 함 유하고 있는 영성 때문일 것이다.

시 〈헛말〉에서 손목 부러져 깁스한 날, "사순절 기간이 유혹받기 딱 좋은 / 화창한 봄날이건만 / 송구한 마음으로 묵상하는 시간을 갖는다"(3연)와 "어릴 때 장난감처럼 가지고 놀다 / 다리 부러뜨린 방아깨비 / 그 절망의 아픔 그땐 헤아리지 못했다. // 다시 만나 / 그때 얼마나 아팠느냐고 물으면 / 헛말하지 말라고 눈 부릅뜨겠지"(5, 6연에서)에서도 시인의 영성을 발견할 수 있다.

멀리 호주와 뉴질랜드가 고향인 너
거실 탁자에 고이 모셨지.

당신을 사랑한다는 꽃말처럼
별사탕 같은 작은 꽃에서
풍기는 그윽한 향기
식구들 마음 사로잡았네.

네 향기 코끝 스칠 때마다
나는 어떤 향기 나는지
묻고 싶었지.

겸손의 향기

용서의 향기

늘 낮은 데로 임하라고

조용히 타이르는 것 같아

내 마음 발갛게 물들었네.

너는 알고 있니?

내가 너를 무척 닮고 싶어 하는 걸.

― 〈긴기아난〉 전문

　'긴기아난'은 꽃향기가 좋은 난초이다. 시에서 보듯, 원산지는 호주와 뉴질랜드이며, 꽃말은 "당신을 사랑한다"는 의미를 가진 화초라고 한다. 이 화초의 향기를 모티프로 한 이 시에서 시적 화자는 "네 향기 코끝 스칠 때마다 / 나는 어떤 향기 나는지 / 묻고 싶었"다고 토로한다. 이 토로가 이 시의 발상인 셈이다. 이런 화두에 대한 사유의 결과는 긴기아난과 자신을 동일시하면서 그를 통해 "겸손의 향기 / 용서의 향기 / 늘 낮은 데로 임하라"는 말씀을 인식하게 된다.

이렇듯 이 시에는 기독교적 시어가 없다. 일상적 언어인 '사랑'과 '용서'가 기독교 사상에서 유래된 것으로 간주해도 도리는 없지만, 일반적인 일상의 언어이다. 그 시어 ㄴㄴ ㅣ로 형상화하면서 기독교 시로서의 존재 가치도 가질 수 있는 것이다. "겸손의 향기 / 용서의 향기 / 늘 낮은 데로 임하라고 / 조용히 타이르는 것 같아 / 내 마음 발갛게 물들었네"에서 "내 마음 발갛게 물들었네"는 "당신을 사랑한다"는 꽃말을 가진 '긴기아난'에 동화한 마음, 그 시심은 사랑의 시심이며 나아가서는 기독교적 믿음의 마음이다. 이렇듯 시 속에 녹아 있는 영성은 시 창작의 원동력이 된다.

3. 시적 대상에 대한 서정적 인식

우리는 앞서 '긴기아난'이라는 사물을 시적 대상으로 하여 그 대상에 대한 인식 과정을 기술한 시를 보았다. 문우순 시인의 작품에서는 이러한 대상에 대한 인식 과정의 시를 흔하게 접할 수 있다. 그 하나의 예가 시 〈나이테〉이다.

전기톱 든 인부 둘이
고사한 은행나무 밑동을 베고 있다.

일생의 속살 깊이 파고드는
강고한 톱날
이제 무엇을 그리워하고 아파하랴.

생명줄 놓고 그만 쓰러지고 마는 은행나무
밑동에 남은 나이테
경련하듯 파문을 그린다.

제각각인 파문의 간격
힘들게 살아온 자취 역력하다.
내 나이테에도 저런 자취 역력하리.

삶이란 하나씩 원을 그려가는 것
토막 난 은행나무 나이테에

눈이 내리기 시작한다.

— 〈나이테〉 전문

이 시 〈나이테〉는 단순히 삶의 연륜을 표상하기보다
는 '나이테'라는 시적 모티프, 그 시적 대상에 대한 사유
와 서정적 감성을 그린다. "전기톱 든 인부 둘이 / 고사
한 은행나무 밑동을 베고 있"는 모습을 보고 시적 화자
인 시인은 "일생의 속살 깊이 파고드는 / 강고한 톱날"
에, 그 고사목은 "이제 무엇을 그리워하고 아파하랴"는
화두를 던진다. 이미 생명력을 잃은 나무. "생명줄 놓고
그만 쓰러지고 마는 은행나무", 그 "밑동에 남은 나이
테 / 경련하듯 파문을 그린다"라고 시적 화자는 강렬한
느낌을 갖는다. 경련하듯 파문을 그린 나이테, 그 아픔
을 보고 시적 화자는 사유한다. 그 "제각각인 파문의 간
격"이 "힘들게 살아온 자취"라고 사유한다. 그런 뒤 그
나이테를 감정이입으로 자기화한다. "내 나이테에도 저
런 자취 역력하리"라고. 그리고 "토막 난 은행나무 나이
테에" 내리는 눈을 보고 "삶이란 하나씩 원을 그려가는
것"이라고 작은 깨달음을 얻는다.

이런 맥락에서 볼 수 있는 다른 시는 〈토르소〉이다. 이 시는 이렇게 시작된다. "겨울나기 한다고 / 팔 잘리고 머리 잘린 나무들 / 너무 아파 온 몸이 굳어버렸나, // 앙상히 버티고 서 있는 가로수 / 한층 높아진 가로등이 / 빛 그물로 감싸주며 / 따뜻한 미소 보내지만 / 눈이라도 와서 하얀 솜이불 / 덮어주었으면"이 그것이다. 이 시의 전반부는 가로수의 절지된 모습이 추워 보여 솜이불 같은 눈이라도 내렸으면 하는 시인의 마음을 표현한다. 그 절지된 나무를 시적 화자는 "중심 척수 치료받는 아들 / 오른쪽 팔과 손이 부자유스러워 / 걸어다니는 토르소 같다"고 인식한다. 절지된 가로수가 걸어다니는 토르소 마네킹 같아 "옷깃만 스쳐도 아파한다"고 느낀다. 그런 다음 후반부에서 "중심 척수 치료받는 아들"에 시적 초점을 이동시켜 "감각이 살아 있는 건 좋은 징조지만 / 곁에 있는 어미 마음 저리다. / 겨울나기 한 나무 아름답게 살아나듯 / 아들의 인내 성숙한 삶으로 피어나겠지 // 좋아하는 굴칼국수 / 준비하는 마음 절실하다"(〈토르소〉 전문)고 아들을 사랑하는 어미의 마음을 표현한다. 그러니까 이 시는 '절지된 가로수 → 토르소 마네킹 → 척수

치료받는 아들'이라는 등가치 이미지로 연결하여 아들
에 대한 사랑을 표현한 시라 할 수 있다.

갓 장마 끝난 여름
한나절 대청마루에 누웠다.

멀리 산 능선 따라
뭉게구름 피어오르고
비행기 하나 흰 꼬리 길게 끌며 날아간다.

햇살이 언뜻언뜻
뭉게구름 헤집고 나올 때마다
앞산 한껏 초록 뽐낸다.
때마침 나타난 제비 한 쌍 앞다퉈 날아간다.

슬며시 모시적삼 파고드는 바람
옥수수 찌는 냄새와 어울려
서울서 아이들 올 때 되었다고 간질이네.
— 〈과실 2〉 전문

위의 시 〈괴실 2〉는 연작시 〈괴실〉의 두 번째 작품이다. 이 연작시는 '괴실마을'이라는 공간적 대상을 서정적 사유로 쓴 네 편의 시다. 연작시 〈괴실 1〉은 시골 한옥을 "인생도 한 줄기 빛일진대 / 나는 저 전등 불빛처럼 아련히 회한에 젖는다"라고 감각적으로 표현하고 있고, 〈괴실 3〉은 감자 캐는 날의 들판과 모내기하던 날의 새참 먹던 추억들을 "짜장면 색깔처럼 / 까맣게 빛바래져 가는 옛일이 아쉽다"라고 서정적으로 토로한 시다. 그리고 〈괴실 4〉는 "괴실마을 간판스타"인 삼백 년 됨직한 은행나무의 빈 속을 보고 "눈치 없는 다람쥐 / 텅 빈 나무 속을 제집인 양 들락거린다"라고 고목 풍경을 동심으로 묘사한다.

그리고 위의 시 〈괴실 2〉는 "갓 장마 끝난 여름 / 한나절 대청마루에 누"워 시골 풍경을 관조하면서 서울에서 내려올 아이들을 기다리는 마음을 표현한다. 이 시를 전문 인용한 것은 시골 풍경에 대한 디테일한 묘사로 시적 화자의 정서를 적절하게 읽을 수 있기 때문이다. 멀리 산 능선 따라 피어오르는 뭉게구름. 흰 꼬리 길게 끌고 날아가는 비행기. "뭉게구름 헤집고 나올 때마다 / 앞산 한껏 초록 뿜"내는 햇살과 다퉈 날아가는 제비 한 쌍. 그리고 마지막으로 "옥수수 찌는 냄새와 어울려 / 서울서 아이들 올 때 되었다고 간질이"는 "슬며시 모시적삼 파고드는 바람" 등의 시골 이미지를 통해 어미의 자식 기다리는 마음을 편하게 그린 수채화 같은 시다.

이와 같은 맥락의 시는 〈꽃무릇〉이다.

잎 진 뒤에야
꽃피는 상사화

삼단 같은 머리숱
자리다툼하다
서둘러 사라지는 잎

빨간 스카프 두르고
화사하게 피는 꽃

오늘
목 길게 빼고

마당에 피었다.

우체부 목소리
초조히 기다리던 그 9월은
붉고 뜨거웠다
끝내 편지는 오지 않았지만.
　　　—〈꽃무릇〉 전문

　꽃무릇은 수선화과의 붉은색 꽃이다. 이 꽃은 여러해
살이 꽃이지만 열매를 맺지 못한다. 꽃이 말라죽은 뒤
짙은 녹색 잎이 자라나는 꽃이다. 그래서 위의 인용시에
서 보듯 이 꽃은 "상사화"로, "빨간 스카프 두르고 / 화
사하게 피는 꽃"이지만, "삼단 같은 머리숱 / 자리다툼
하다 / 서둘러 사라지는 잎"으로 표현된다. 그래서 후반
부에 "오늘 / 목 길게 빼고 / (……) // 우체부 목소리 / 초
조히 기다리던 그 9월은 / 붉고 뜨거웠다 / 끝내 편지는
오지 않았지만"이라고 서둘러 마무리한다.
　그래서 문우순 시인은 '꽃무릇'이라는 시적 대상을 상
사화로 인식하고 있는 것이다. 열매를 맺을 수 없는 꽃,

소식만을 기다리는 꽃으로 '꽃무릇'을 인식한다. 이렇듯 문우순 시인은 자연물을 시적 대상으로 하여 감각적인 인식 과정을 거쳐 사유를 깊이 한다.

　문우순 시인은 늦깎이 시인이다. 아이러니와 해체를 신봉하는 젊은 시인은 아니다. 은유적 표현 구조로 사물을 통해 자신의 내면을 성찰하고 표현하는 전통적인 서경적 서정시인이다. 앞서 언급한 것처럼 평이한 표현 구조로 깊은 사유가 부재한 공소한 시, 이런 헛된 시들이 판을 치고 있는 우리 시 현실에 부응하지 않는 개성적인 시인이다. 시적 대상에 대한 감성적 인식과 영성적 표출까지도 가슴속에서 끌어올리는 서정시인이다. 이 점이 이 시대에 필요하기 때문에 우리는 이 시인을 바라보게 된다. 그리고 소중하게 간직하며 영성적인 신서정시를 기다리게 된다.